走出课本系列

卷四 春风不度玉门关

名胜古迹里的古诗词

主编 夫子

主　编：夫　子

编　委：范　丽　雷　蕾　刘　佳　毛　恋
　　　　孙　娟　唐玉芝　邱鼎淞　王　惠
　　　　吴　翩　向丽琴　晏成立　阳　倩
　　　　叶琴琴　曾婷婷　张朝伟　钟　鑫
　　　　周方艳　周晓娟

绘　图：许炜挚　奇　漫

山东教育出版社
·济南·

图书在版编目（CIP）数据

名胜古迹里的古诗词. 卷四，春风不度玉门关 / 夫
子主编. — 济南：山东教育出版社，2023.4
　（走出课本系列）
　ISBN 978-7-5701-0276-1

　Ⅰ.①名… Ⅱ.①夫… Ⅲ.①古典诗歌—诗歌欣赏—
中国—通俗读物②名胜古迹—中国—通俗读物 Ⅳ.
①I207.2-49②K928.7-49

中国国家版本馆 CIP 数据核字 (2023) 第 065185 号

责任编辑：李　国　原　岱
责任校对：舒　心
装帧设计：书虫文化　倪璐璐　杨绍杰
插图绘制：许炜挚　奇　漫

ZOU CHU KEBEN XILIE
MINGSHENGGUJI LI DE GU SHICI　JUAN SI　CHUNFENG BU DU YUMENGUAN
走出课本系列

名胜古迹里的古诗词　卷四　春风不度玉门关　夫子　主编

主管单位：山东出版传媒股份有限公司
出版发行：山东教育出版社
　　　　　地址：济南市市中区二环南路 2066 号 4 区 1 号
　　　　　邮编：250003　电话：（0531）82092660
　　　　　网址：www.sjs.com.cn
印　　刷：山东新华印务有限公司
版　　次：2023 年 4 月第 1 版
印　　次：2023 年 4 月第 1 次印刷
开　　本：787 mm × 1092 mm　1/16
印　　张：7
印　　数：1—30000
字　　数：100 千
定　　价：45.00 元

前　言

　　我们的祖国是有着悠久历史和灿烂文明的伟大国家，在这片广阔的大地上，有无数优美的风景，还有很多古代人文遗迹。它们遍布祖国的大江南北，承载着中华民族博大精深的历史文化。而和它们相得益彰的，是一群才华横溢的诗人和他们的诗词。

　　名胜古迹经历了数千年的岁月，在这些时光里，它们令历朝历代的文人墨客为之神往。他们或瞻仰，或缅怀，或寄情，留下了一首首传诵千古的诗词。他们看山写山，看水写水，笔下的诗词中却并不只有山水，还有心情，有道理，有历史，有人生。他们就像旅行家，写下的诗词便是一篇篇游记。

　　这些诗词中，有许多诗句重现了千百年前名胜古迹的风采，也记录了诗人们当年游览名胜古迹时的感受和心情。他们用奇特的夸张、瑰丽的想象、灵动的比喻描绘美景，尽情地抒发情怀。比如，在诗人李白的眼中，"黄河之水天上来"，而庐山的瀑布则是"疑是银河落九天"，气势恢宏极了；要问苏轼眼中的西湖有多美，读一读"欲把西湖比西子，淡妆浓抹总相宜"，你定了然于心；是谁在何处吟道"出师未捷身先死，长使英雄泪满襟"？那是站在武侯祠前满腔忧愤的杜甫……

读到如此优美瑰丽的诗句，你是不是也想背上行囊去看看这些名胜古迹呢？

读万卷书，行万里路。《名胜古迹里的古诗词》这套书将化身为你的贴身导游，用精美的图画为你展示名胜古迹的各处景点，用漫画和文字为你解说有关它们的历史内涵、神话传说、地理特征、建筑构形、风俗人情等，让你足不出户，就能在阅读中体验到宛若"行万里路"的旅行乐趣。书中还有与每处名胜古迹相关的诗词，与景点相结合，更能帮助你读懂诗词中的深意。当然，如果你决定外出寻访名胜，这套书也是你走出家门、踏上旅途的优质同伴。

这套书可谓"书中有画，画中有诗"，阅读它，你既能欣赏名胜，又能积累古典诗词，岂不是一举两得吗？

目 录

八达岭长城

　　八达岭长城位于北京市延庆区，是明长城中具有代表性的一段。它作为居庸关的前哨，地势险要，是明代重要的军事关隘，也是首都北京的重要屏障。这里景观宏伟壮丽，历史文化深厚，吸引了国内外众多游客来此游览。

春天的八达岭长城

山海关

　　山海关位于河北省，是明长城的东北关隘之一，也是历史上兵家必争之地，有"天下第一关"之称。它北靠燕山，南连渤海，所以取名为"山海关"。

雁门关

雁门关位于山西省忻州市，是长城的著名关口，也是古时战争频发之地。山西地理环境独特，西有吕梁山，东有太行山，好像两道屏障。而这两山之间地貌复杂，或起伏不平，或河谷纵横，只有雁门关可以通行。因此，在这里设置关卡，就可以把控南北方向的通道。

作为兵家必争之地，雁门关见证了中国历史上的许多重大事件，所以人们常说"一座雁门关，半部华夏史"。

战国时期，赵国名将李牧常驻雁门关，抗击匈奴。秦朝名将蒙恬从雁门关出塞，驱逐匈奴，修筑万里长城。汉武帝时期，名将卫青、霍去病、李广都曾在雁门关一带抗击匈奴。汉元帝时期，王昭君从雁门关出塞和亲。北宋名将杨业领兵曾在此大败辽军。抗日战争中，八路军在雁门关地区对日军进行了伏击战斗，振奋了全军士气。

孟姜女哭长城

相传，秦朝时有一女子名叫孟姜女。一天，她救下一个人，名叫范喜良。原来秦始皇为了修长城，在民间征调壮丁，许多人去了劳累而死，所以范喜良到处躲避。后来两人互生喜欢，决定结为夫妻。不过在成亲当晚，范喜良还是被官兵抓去修长城了。孟姜女思念丈夫，就去找他。一路上，她历经艰险，终于来到长城脚下，却被告知范喜良已经去世。伤心之下，她连哭了三天三夜，把一段长城都哭倒了。这就是"孟姜女哭长城"的故事。这个故事流传了几千年，饱含了人民对统治阶级滥用民力的控诉。

烽火戏诸侯

西周末年，有一个烽火戏诸侯的故事。讲的是周幽王为博褒姒（bāo sì）一笑，点燃烽火台戏弄诸侯。这里的烽火台是古代用点燃烟火的方式传递重要消息的高台，是重要的军事设施。烽火台的修筑早于长城，但长城修筑后，二者便融为一体，成为一个完整的防御体系。

烽火台遗迹

榜上有名

长城是中国古代重要的军事防御工事，其中有许多著名的关口，如山海关（古称榆关）、居庸关、平型关、雁门关、嘉峪关、武胜关、玉门关等。后来这些地名成为文人墨客诗文中边塞的象征。

排行榜

《送元二使安西》	王　维
《凉州词》	王之涣
《雁门太守行》	李　贺
《过昌平城望居庸关》	康有为

送元二使安西

　　《送元二使安西》又叫《渭城曲》《阳关曲》。当时，王维有一位姓元的朋友被派到安西去戍守，安西即唐代安西都护府，位于西北边疆。古代交通不便，两人分别之后很难再相见，王维十分伤心，所以写下了这首诗。

干了这杯酒！

王维

wèi
渭城朝雨浥轻尘，

yì
客舍青青柳色新。

劝君更尽一杯酒，

西出阳关无故人。

注释

渭城： 秦代咸阳城。

浥： 湿润。

客舍： 旅馆。

阳关： 在今甘肃敦煌西南，是古代前往西北边疆的要道。

译文

渭城早晨的一场雨打湿了尘土，旅店周围的柳树在春雨过后，色彩显得格外明亮。请你再干一杯酒吧，出了阳关之后，就再也没有老朋友了。

诗人介绍

王维（701？—761），字摩诘，号摩诘居士，有"诗佛"的称号。他精通诗、书、画、音乐，十分擅长写五言诗，题材以山水田园为主。苏轼曾经对王维的诗和画有"味摩诘之诗，诗中有画；观摩诘之画，画中有诗"的评价。其代表作有《相思》《山居秋暝》等。

赏析

这首送别诗先点明送别的时间、地点和环境，"朝雨""客舍青青""柳色新"等展现了一幅雨后图景，清新明朗，营造出并不忧愁反而有些轻快的气氛。后两句再用举起酒杯劝酒的场面将人带入伤感的情绪中——出了阳关就再难见到故人了。诗人由此抒发出惜别之情，表现了朋友间的深情厚谊。

拓展延伸

● 柳 树

柳，谐音"留"，微风拂过，细长的柳枝在空中摆动，好似在挽留，又似在摆手。所以在古代，人们在送别时常折一枝柳条送给远行的人来表示难舍难分之情。所以"折柳"就成了送别的代称。

● 阳 关

阳关位于甘肃敦煌西南，因在玉门关之南而得名。在古诗词中，"阳关"往往用来代指边塞、前线，也可以指丝路要道。诗人们常通过"阳关"这个意象，寄寓将士们对和平的渴望，对家乡的思念，以及戍守边陲、为国立功的远大志向。王维的《送元二使安西》被传唱之后，"阳关"也常用来指代此诗，表达朋友间的惜别之情。

●《阳关三叠》

　　《阳关三叠》是一首古琴曲，这首乐曲产生于唐代，又名《阳关曲》《渭城曲》，是根据《送元二使安西》谱写而成的。《阳关三叠》是中国十大古琴曲之一，是古代音乐作品中的精品，千百年来广为流传。

　　《听琴曲》［宋］赵佶（jí）
　　画中描绘的是官僚聚会听古琴弹奏的场景。

凉州词

　　如前文所说，长城上的许多关口成为诗词中边塞的象征，唐代著名的边塞诗人王之涣就曾将玉门关写入名作《凉州词》中。当时的王之涣初到凉州，看到塞外苍凉的景象，耳边又传来一阵阵幽怨的羌笛声，对远戍士卒的同情油然而生。

黄河远上白云间，
一片孤城万仞山。
羌笛何须怨杨柳，
春风不度玉门关。

注 释

凉州词：唐代有名的曲调名。

黄河远上：远望黄河的源头。

孤城：指孤零零的戍边的城池。

仞：古代的长度单位。

羌笛：一种乐器。

杨柳：指歌曲《折杨柳》。

译 文

远远望去，黄河好像从白云间奔流而来，玉门关孤独地耸峙在高山之中。何必用羌笛吹起那哀怨的《折杨柳》呢？原来玉门关一带春风是吹不到的啊！

诗人介绍

王之涣（688—742），字季凌，盛唐时期的著名诗人。其创作的诗大多被当时的乐工编上曲调，用来歌唱。他和高适、王昌龄等人经常在一起吟诗唱和。王之涣描写边塞风光的诗最有名，他尤其擅长五言诗。《登鹳雀楼》《凉州词》等是他的代表作。

赏析 王之涣的这首《凉州词》写的是戍边士兵的怀乡之情。诗的前两句写山川雄壮苍凉、守城将士处境孤危，后两句用羌笛的声音引出无限的思乡之情。本诗格调苍凉悲壮，虽写满抱怨，却并不颓丧消沉，这也从侧面显示出盛唐时期人们的广阔胸怀。

拓展延伸

● 羌 笛

羌笛是古代的一种乐器，它的音色高亢又凄切，戍守边疆的将士们听到这样的乐声总是忍不住心生思乡之情。因此，在文学作品中，羌笛与羌笛声往往被用来营造凄切悲凉的意境。

● 玉门关

玉门关位于今甘肃敦煌西北，相传是因为和田玉经过此道输入中原而得名。玉门关作为河西走廊上的一个重要边陲，经常出现在边塞诗中。它或代表荒凉苦寒的边塞，如岑参的《玉门关盖将军歌》中的"玉门关城迥且孤，黄沙万里白草枯"；或表达将士们的怀故思乡之情，如李白的《关山月》中的"长风几万里，吹度玉门关"；还可以象征戍边战士渴望建功立业的英雄情结，如戴叔伦的《塞上曲》中的"愿得此身长报国，何须生入玉门关"。

玉门关遗迹

◉旗亭画壁

关于《凉州词》这首诗还有一个"旗亭画壁"的故事。据《集异记》记载，唐开元年间，王之涣与高适、王昌龄到旗亭（酒楼）饮酒，遇到伶人唱曲宴乐，三人便想比一比诗名，约定以伶人演唱各自写作诗篇的数量来定高下。如果听到是自己的诗作，就用手指在墙壁上画一道做标记。不久，王昌龄、高适的诗篇皆被演唱，他们两人十分高兴。王之涣却说："之前他们演唱的都是些不入流的歌曲，真正高雅之曲哪里是一般人唱得了的！"于是他手指伶人中最优者，说："等到她唱的时候，如果不是我的诗，就不与二位争高下了；如果是我的诗，二位便拜我为师吧！"说罢三人只待伶人中最优者开口，果然伶人所唱正是王之涣《凉州词》，三人听罢开怀大笑。

雁门太守行

唐代中期，战火不断。关心国家命运的诗人李贺为了鼓舞士气，写下了这首著名的诗篇。

写诗给大家鼓鼓气！

李贺

黑云压城城欲摧，甲光向日金鳞开。
角声满天秋色里，塞上燕脂凝夜紫。
半卷红旗临易水，霜重鼓寒声不起。
报君黄金台上意，提携玉龙为君死。

甲光向日：铠甲迎着太阳光。

金鳞：指铠甲像金色的鱼鳞。

角：军中号角。

燕脂：胭脂，形容战场血迹深红。

凝夜紫：在夜晚凝为紫色。

易水：河名。

意：信任，重用。

玉龙：指宝剑。

译 文

敌兵滚滚而来，犹如黑云翻卷，想要摧倒城墙；战士们的铠甲在阳光照射下金光闪烁。号角声响彻秋夜的长空，边塞上将士的血迹在寒夜中凝为紫色。红旗半卷，援军赶赴易水；夜寒霜重，鼓声郁闷低沉。为了报答国君的信任，将士们手持宝剑，甘愿为国奋战到死。

诗人介绍

李贺（790—816），字长吉，唐朝中期有名的浪漫主义诗人。他一生仕途并不如意，反而在诗歌创作方面成就极高。他的诗歌有的感叹生不逢时的苦闷，抒发理想抱负；有的揭露藩镇割据、宦官专权等社会问题。他善于在诗句中运用丰富的想象，引用神话传说或先人事迹，反映现实的问题，还留下了"黑云压城城欲摧""天若有情天亦老"等佳句。作为继李白之后最负盛名的浪漫主义诗人，他甚至能与李白齐名，有"太白仙才，长吉鬼才"的说法，所以，李贺也被称为"诗鬼"。

赏析　　这首诗几乎句句都有鲜明的色彩，其中如金色、胭脂色和紫红色，非但鲜明，而且浓艳，它们和黑色、秋色、白色等交织在一起，构成色彩斑斓的画面。诗人用浓艳斑驳的色彩描绘悲壮惨烈的战斗场面，准确地表现了特定时间、特定地点的边塞风光和瞬息变幻的战争风云，把发生在雁门关的战争场面描绘得很真切，令人震撼。

拓展延伸

● 李贺与马

　　李贺英年早逝，但给我们留下了许多名篇名句。其中，二十三首《马诗》是李贺的代表作。在这些诗中，李贺与马仿佛融为一体，他就是诗中的那些怀才不遇、向往英主的骏马。其中的第五首是我们最熟悉的一首："大漠沙如雪，燕山月似钩。何当金络脑，快走踏清秋。"诗中既展现了边疆的景色，又表达了李贺想要受到重用、为国建功的愿望。

《马性图》［唐］韩干

●黄金台

黄金台亦称招贤台，相传是战国时期燕昭王下令建造的。据说，燕昭王一心想招揽人才，但起初并不顺利。后来有个智者郭隗（wěi）给燕昭王讲述了一个故事：

有位国君想用千金购买千里马，但众人不知真假，所以他买了三年都没有买到。手下好不容易发现了一匹，但去买的时候马已经死了。手下就用五百金买了千里马的马头。回来后，国君很生气，质问手下："你为什么花钱买死马的头？"手下说："买死马舍得花五百金，更何况活马呢？我们的举动必然会引来天下人为你提供千里马。"后来，不到一年，国君就买到了三匹千里马。

郭隗又说："您要招揽人才，首先要从我郭隗开始。我这种才疏学浅的人都能受到国君重视，那些比我本事更强的人一定会闻讯赶来的。"

燕昭王采纳了郭隗的建议并拜他为师，为他建造了黄金台，向天下表明自己招揽贤士的决心。没多久就吸引了军事家乐毅、谋士邹衍、名将剧辛等贤士前来。

过昌平城望居庸关

　　康有为曾到居庸关游览，望见高山屹立，苍鹰盘旋，一时间诗兴大发，写了十多首诗，《过昌平城望居庸关》就是其中一首。

城堞逶迤万柳红，西山岧嵽霁明虹。

云垂大野鹰盘势，地展平原骏走风。

永夜驼铃传塞上，极天树影递关东。

时平堡堠生青草，欲出军都吊鬼雄。

注 释

昌平城： 旧县城名，清代属顺天府。

城堞： 长城上的齿状矮墙。

逶迤： 曲折蜿蜒的样子。

岧嵽： 亦作"岹嵽"，同"迢递"，高远的样子。

霁： 雨后或雪后转晴。

鹰盘势： 指苍鹰盘旋。

永夜： 长夜，整夜。

堡堠： 碉堡，土堡。

军都： 居庸关亦称军都关。

译 文

在万棵红柳间，曲曲折折的齿状城墙若隐若现。雨后初晴，延绵起伏的西山上出现了一道亮丽的彩虹。原野之上白云低垂，苍鹰盘旋在空中，一望无际的平原上骏马奔驰生风。整个夜间，驼铃声断断续续，一声声地传送到塞上，天边的树影相接，一直延伸到关东。日子太平得就连长城的堡垒上也长满了青草，我真想西出居庸关，凭吊那些为国捐躯的烈士忠魂。

诗人介绍

康有为（1858—1927），晚清政治家，从小熟读经史，志向远大。1888年，他第一次上书光绪帝，请求变法，但过程中遇到很多困难。于是他回到广州老家设学堂讲学，宣传变法思想，培养维新人才。1895年，康有为与梁启超等千余人联名上书清政府，提出"变法"等主张，在社会上产生了巨大影响。1898年，清政府终于宣布实行变法，史称"戊戌变法"。

这首诗是借景抒情之作，诗人抓住居庸关景物的特点，将长城的雄伟以及大好山川的壮丽刻画得细致入微。这首诗境界阔达，感情强烈，艺术特色十分突出，既运用了写实手法，又散发着浪漫气息。

拓展延伸

● 为什么是"万柳红"而不是"万柳绿"？

我们都知道柳叶是绿色的，但是为什么康有为会在诗中说"万柳红"呢？原来康有为诗里提到的"柳"是一种名为"红柳"的生长在北方的植物。之所以称为"红柳"，是因为它的枝条多为红棕色。所以康有为才写"万柳红"而不是"万柳绿"。红柳是广泛分布在我国荒漠地区的植物，具有较强的适应干旱环境的能力。它不仅能防风固沙，还能保持水土，是荒漠地区重要的治沙植物之一。

红 柳

◉关　东

现在的关东，泛指东北各省。"关东"一词起源于先秦时期，当时泛指函谷关以东的地区。谚语"关西出将，关东出相"的意思就是函谷关以西的地区，民风尚武，多出将帅；函谷关以东的地区，民风好文，多出宰相。从明代开始，"关东"的意义发生了变化，指的是山海关以东的地区。

◉戊戌变法

戊戌变法是晚清时期的一次改良运动，由康有为、梁启超等维新派人士领导，他们呼吁变法救国，改革政治、教育制度，发展农、工、商业等。在他们的推动下，光绪帝决心变法。1898年6月11日，清政府颁布诏书，宣布实行变法，这一年是农历戊戌年，史称这次变法为"戊戌变法"。

不过，变法损害了以慈禧太后为首的顽固派的利益，因此遭到强烈抵制与反对。1898年9月21日，慈禧太后等发动政变，光绪帝被囚，康有为、梁启超先后出逃，谭嗣同等"戊戌六君子"被杀，历时103天的变法失败。

览胜手记

站在长城之上远望居庸关，我的视线越过万千红叶，看向那一望无际的原野，原野之上偶尔有飞鸟从空中掠过，不禁使我想起康有为的那句"云垂大野鹰盘势，地展平原骏走风"。闭上眼睛，感受着呼啸而过的风，我的思绪也跟随着风冲破时光的阻碍，来到了千年前的古战场，耳边忽响起战马的嘶鸣……

"羌笛何须怨杨柳，春风不度玉门关。"我坐在桌前诵读着……恍惚间，我看到一位古代士兵。他目视前方，说："你看见前面那商队了吗？"我顺着他的视线望去，只见飞沙中，一支西域商队缓缓走着，队伍中的骆驼驮着不少货物，清脆的驼铃声传来。"自从张骞出使西域后，这条路上来往的商队就络绎不绝了！你知道这条路叫什么吗？"他继续说着。

"叫什么？"我问。

"丝绸之路！"他自豪地说，"因为这些西域商人就爱用他们国家的特产来换取咱们的丝、绸、绫等丝织品。"

我想：既然这里是丝绸之路，那我现在站的地方就是——我环顾四周，一座雄伟的城楼映入眼帘，"玉门关"三个大字赫然在目。那位士兵好像又说了什么。我摇了摇头，想努力听清，却猛然清醒，只见泛着幽幽黄光的台灯，哪有什么士兵……

潼关位于陕西渭南，北临黄河。潼关建于东汉末年，是古代关中地区的东大门，东西往来的险要关口，历来为兵家必争之地，素有"畿内首险"之称。现今的潼关古城是选址新建的。

潼关

站在博物馆城楼上，可以看到黄河及黄河边的风景度假区，还可以看到明潼关城遗址。

这儿能看到黄河与渭河两河交汇，太壮观了。

清代的乾隆皇帝来过潼关，还留下"第一关"的御书。

博物馆里不仅有古潼关的历史解说，还有很多文物展出呢！

明代潼关城遗址

明代洪武年间，朝廷在唐宋潼关城的基础上进行了扩建，基本确定了潼关城后来的规模和形制。新中国成立后，因为要修建三门峡水库，潼关城建筑物被拆除，潼关县城南迁。现在的潼关县城，是后来重建的，并不是历史上的潼关城。

曹操潼关战马超

东汉末年，群雄割据。曹操雄霸北方，韩遂、马超等人割据关西。为了平定关西，曹操欲借道讨伐汉中消灭马超等割据势力。这引起了马超等人的警觉，于是他们派兵守住潼关，与曹军在潼关、渭南等地发生大战。

想偷偷过潼关，没门儿！

哥舒翰潼关之战

唐玄宗时期，安史之乱爆发，唐朝将领哥舒翰奉命镇守潼关。叛军对潼关发起一次又一次的进攻，依然无法攻克。哥舒翰认为叛军在占领的地方烧杀抢掠，不得民心，如果唐军坚守潼关，叛军久攻不下，一定会军心涣散，到时趁势出击，就能彻底消灭叛军。但唐玄宗听信杨国忠的谗言，要求唐军即刻出潼关与叛军决战。哥舒翰多次上书劝说唐玄宗都没用，只好出兵。结果，唐军大败，损失惨重。叛军攻下潼关，长安很快沦陷，唐玄宗仓皇出逃。诗人杜甫在他的《潼关吏》中感慨"请嘱防关将，慎勿学哥舒"。实际上，皇命难违，哥舒翰也很无奈。

榜上有名

潼关，历经千年风云，在一次次的战争中经受战火洗礼。如今，它不再是兵家必争之地了，但我们依然可以在诗文中感受到它厚重的历史积淀。

排 行 榜

《山坡羊·潼关怀古》	张养浩
《潼关》	谭嗣同

山坡羊·潼关怀古

元朝天历二年（1329），陕西一带遭遇了严重的旱灾。清廉爱民的张养浩被派往当地担任陕西行台中丞，以赈济灾民。他在赴任的途中，看到百姓深陷苦难之中，感慨不已，就写下了这首《山坡羊·潼关怀古》。

百姓们，苦啊！

张养浩

峰峦如聚，波涛如怒，山河表里潼关路。望西都，意踌躇（chóu chú）。 伤心秦汉经行处，宫阙（què）万间都做了土。兴，百姓苦；亡，百姓苦。

注 释

山坡羊：曲牌名。

山河表里：外有黄河，内有华山，相为表里。形容潼关一带地势险要。

西都：指长安（今陕西西安）。古称长安为西都，洛阳为东都。

踌躇：迟疑不决、徘徊不定。形容心潮起伏。

秦汉经行处：指途中所见的秦汉宫殿遗址。

宫阙：宫殿。阙，古代皇宫大门前两边供瞭望的楼。

译 文

华山的山峰从四面八方聚集；黄河的波涛汹涌，像发怒了一样。潼关古道向内依靠着华山，在外连接着黄河。遥望长安，我迟疑不决，心潮起伏。途中看到秦汉宫殿的遗址，使我伤心不已。成千上万间宫殿早已化作了尘土。王朝兴盛，百姓受苦；王朝灭亡，百姓依旧受苦。

诗人介绍

张养浩（1270—1329），字希孟，元代名臣、文学家。张养浩自幼接受了良好的教育，再加上他勤奋刻苦，所以在年少时就崭露头角。后来，他去当时的都城大都谋求官职，受到了朝中官员的赏识和引荐。在任职期间，他尽职尽责，敢于正直进言，得到了皇帝的赞赏。张养浩在创作《山坡羊·潼关怀古》这首散曲时，陕西一带正遭遇旱灾，他被朝廷派往陕西任职。到任后，他心系百姓，把家中钱财用来救济灾民，不久便因劳累过度去世了。张养浩的诗文题材广泛、语言优美精炼，内容多反映现实政治和民生疾苦。《山坡羊·潼关怀古》是他最具代表性的散曲作品。

晚年的张养浩在陕西赈济灾民时，写下多首怀古散曲，这是最有名的一首。在他笔下，潼关四周的山川壮美，地势险要，帝都遗址触人心怀。在这首散曲中，他不仅抒发对历朝历代的兴亡之感，还从历史的变革中，从一次又一次的王朝风云中，揭示了百姓的悲惨命运。这既是他对历史的概括，也是当时社会的真实写照。

拓展延伸

元 曲

我们常将唐诗、宋词、元曲并称，意思是唐朝的诗、宋朝的词、元朝的曲，都是当时最有代表性的文学形式。元朝的时候，曲作为诗、词以外的另一种新兴的文学体裁流行起来。曲大致分为杂剧和散曲。杂剧是一种表演艺术形式；散曲则以清唱为主，其又包括散套、小令等。散套由若干曲子组成，而小令只是一支独立的曲子。《山坡羊·潼关怀古》就是标有题目的小令，其中"山坡羊"是曲牌名，"潼关怀古"是标题。

诗词曲中的拟人修辞手法

我们在写作文的时候，经常会采用拟人的修辞手法，来让我们笔下的事物更加生动活泼。古人写诗词曲的时候，也会采用拟人的修辞手法，比如这首曲中的"峰峦如聚，波涛如怒"，就是说山峰会和我们人类一样，从四面八方聚

故乡水，别送啦，回吧！

集；波涛也有了情绪，它也会发怒。这种手法将潼关背靠崇山峻岭、面向汹涌黄河的景象写得十分生动。像这样采用拟人的修辞手法的诗词曲还有很多，比如李白在《渡荆门送别》一诗中写道："仍怜故乡水，万里送行舟。"说故乡水不远万里相送，更加显出李白的思乡之情。

◉ 直言善谏的张养浩

有一年元宵佳节，元英宗打算在宫中挂上花灯做成鳌山（用彩灯堆叠成的山，像传说中的巨鳌形状）。按照元朝当时的规定，是禁止在元宵节点花灯的。张养浩知道后，就给元英宗上呈奏章，奏章上写道："每年元宵节，民间尚且要禁灯，宫廷中就更应该谨慎。在宫中张挂花灯，我认为玩乐事小，影响很大；收获的快乐少，增加的忧患很多。还请您以崇尚节俭、深思熟虑为准则，以喜好奢侈、及时行乐为警戒。"元英宗看了很生气，但片刻过后又高兴地说："不是张希孟，不敢这样说。"于是，他取消了挂花灯的计划，还下令赏赐张养浩，以表彰他的正直。

百姓不能点灯，皇帝也不能点。

潼 关

　　谭嗣同年少时，曾来到陕西潼关，他一到潼关便被壮阔的北方风景所震撼，因此写下了这首雄健豪放的诗。

终古高云簇此城，

秋风吹散马蹄声。

河流大野犹嫌束，

山入潼关不解平。

终古：久远。

簇：簇拥。

束：拘束。

不解平：不知道什么是平坦。

译 文

久远的高云簇拥在这座雄关之上，秋风吹散了马蹄声。奔腾不息的黄河流入了辽阔的原野还嫌过于拘束，巍峨险峻的秦岭山脉进入潼关，不知道什么是平坦。

诗人介绍

谭嗣同（1865—1898），湖南浏阳人，中国近代著名政治家、思想家。谭嗣同倡办时务学堂，培养维新志士，主办《湘报》，抨击旧政，宣传变法。他还倡导开矿山、修铁路。光绪二十四年（1898），谭嗣同参加并领导了戊戌变法。这场变法仅维持了103天，变法失败后，谭嗣同被害，年仅33岁。

赏析 这首诗的风格雄健豪放。诗的前两句，描绘了远处的苍茫景色和近处的马蹄声，渲染出秋日天高、豪情万丈的氛围。后两句更是将这种豪情推至高峰，写黄河奔入原野还嫌束缚；写秦岭入潼关的态势，不说其险峻，而说其桀骜，再也不知何谓平坦。如此壮阔的山河，既是自然的景象，也象征着诗人想要冲破约束的奔放情怀，更代表了诗人奋发向上、不断进取的精神。

拓展延伸

◉ 潼关之险

    潼关北临黄河，南依秦岭山脉，是古时长安到洛阳的要冲。因此，潼关有"畿内首险""四镇咽喉""百二重关"之誉。过去人们常以"细路险与猿猴争""人间路止潼关险"来形容潼关的险峻与重要性。诗人杜甫在潼关游历之后，留下了"丈人视要处，窄狭容单车。艰难奋长戟，万古用一夫"的诗句。

◉ 剑胆琴心

    据说，谭嗣同在少年时期就有"剑胆琴心"的雅号。剑胆琴心的意思是，人既有胆略，又有情致。

◉ 爱国的谭嗣同

谭嗣同从小就以救国图强为己任。后来，他和康有为等人提出了变法，却遭到顽固派的反对。

1898年，光绪皇帝决定变法，谭嗣同成了主要助手。没想到，新政实施不久慈禧太后便囚禁了光绪皇帝，还下令逮捕维新人士。谭嗣同本来有机会逃跑，却放弃了，他说："各国变法，没有不流血就成功的。现在中国还没有人为变法而流血，这是国家不能强盛的原因。如果要有人流血，就从我开始吧！"

谭嗣同被捕以后，他毫不惧怕，在监狱中写下"我自横刀向天笑，去留肝胆两昆仑"的诗句。被押到刑场受刑前，他大声喊着："有心杀贼，无力回天。死得其所，快哉快哉！"随后，谭嗣同英勇就义。

我自横刀向天笑，去留肝胆两昆仑！

览胜手记

还没到达目的地，远远就能看见潼关古城的城楼了。听爸爸说，潼关位于黄河南岸，是中国古代著名关隘和兵家必争之地。到了潼关古城，我直奔宏伟的潼关博物馆，这里地势较高，视野开阔，站在观光平台上极目远眺，河水交汇的壮美景色尽收眼底。河面已经极宽，然而还有浊浪在不停地拍打岸边，仿佛觉得河面还不够宽。此时我才真正体会到什么叫"河流大野犹嫌束"。

到了潼关，我们先来到了位于女娲广场的"女娲"主题雕塑前，女娲面容慈祥，手捧婴儿，目视远方，寓意着力量、庇护、生命和未来。再向前走不远，是十二生肖的雕塑，我们都和自己生肖的雕塑合了影。走着走着，我们来到了黄河渡口。黄河就跟它的名字一样，河水浑浊，泛着黄褐色，让我想到了一句话："跳进黄河也洗不清。"眼前的黄河波涛汹涌，看起来非常壮观。

剑门关

剑门关位于四川广元，是我国著名的天然关隘之一，有"剑门天下险""蜀之门户"等美誉。剑门关两旁断崖峭壁，峰峦似剑，两壁对峙如门，因此得名。这里有剑阁道、剑门关楼、姜维墓、七十二峰、钟会故垒、金牛道等景点。

一夫当关，万夫莫开！真气派！

两边的剑山可真是陡峭啊！

上面的两个大字，从右往左写着"剑阁"！

终于到剑门关了。

剑阁道

　　剑门关是古代入蜀的必经之处。相传，在三国时期，蜀汉的丞相诸葛亮在剑门修筑了三十里长的栈道，设下关口守卫，称为"剑阁道"。当时，诸葛亮率军队去打魏国，路上要越过大剑山。诸葛亮见山势险峻，就让军士在山岩上凿出凹槽，架起了栈道。得益于这些栈道，诸葛亮才能够六出祁山，北伐曹魏。

金牛道

《蜀道难》［元］赵孟頫

　　相传，战国时期，秦惠王想把蜀地纳入自己的手中，但是蜀地多山，根本没有进去的路。于是，秦军用石头凿成石牛，还把金子放在牛后，谎称是牛拉的牛粪，并准备把石牛送给蜀国。蜀王信以为真，就下令让五个大力士劈山开道，迎接石牛。而开通的这条蜀道，被称为"金牛道"，又称为"剑门蜀道"。

剑门茶香

剑门不仅风光奇险秀丽，还因高海拔的山区气候孕育出醇香的茶品。早在唐宋时期，剑门的绿茶就小有名气了。宋代诗人陆游"细雨骑驴入剑门"时，就曾盛赞剑门的茶叶。

剑门绿茶不愧是上品好茶！

榜上有名

"一夫当关，万夫莫开"的赞誉，让剑门关声名远扬。它的自然之美，融合了雄、险、奇、幽；它的历史文化之美，积聚了三国文化、蜀道文化、关隘文化、红色文化。当年的栈道已经不在，但关于它们的传说、诗文依旧世代流传。

排行榜

《闻官军收河南河北》	杜　甫
《剑门道中遇微雨》	陆　游
《蜀道难》（节选）	李　白

闻官军收河南河北

762年冬天，唐军在和安史叛军的对抗中，连连取得胜利。第二年年初，安史之乱被平定。当时，杜甫已经是年过半百，为了躲避战乱，流落到蜀地。胜利的消息传到蜀地后，他欣喜若狂地写下了这首诗。

回洛阳了！

杜甫

剑外忽传收蓟北，初闻涕泪满衣裳。

却看妻子愁何在，漫卷诗书喜欲狂。

白日放歌须纵酒，青春作伴好还乡。

即从巴峡穿巫峡，便下襄阳向洛阳。

官军：指唐朝军队。

剑外：指作者所在的蜀地。

蓟北：泛指唐代蓟州北部，今河北北部地区，当时是安史叛军的根据地。

却看：回头看。

妻子：妻子和孩子。

漫卷：胡乱地卷起。

青春：指春天。

巫峡：长江三峡之一，因穿过巫山得名。

译 文

　　蜀地忽然在传收复蓟北的消息，我刚听到时，开心得眼泪洒满衣裳。回过头去，看看妻子和孩子，哪儿还有什么忧伤，我胡乱地卷起诗书，欣喜若狂。晴朗的日子，我不禁放声高歌，痛饮美酒，想趁着春光明媚之时带着妻儿一同回到家乡。当时心里就想着从巴峡穿过巫峡，过了襄阳之后直接奔向洛阳。

诗人介绍

　　杜甫（712—770），字子美，自号少陵野老。他是唐代伟大的现实主义诗人，因为忧国忧民，所以写的很多诗都反映了百姓生活的艰难困苦。杜甫的诗歌对后世影响深远，他被后人尊称为"诗圣"，而他的诗被称为"诗史"。后人将他与浪漫主义诗人李白合称为"李杜"。

这首诗写的是杜甫听到官军收复失地的消息后，十分喜悦，急着回老家的情景。从"忽传""初闻""却看""漫卷"四个词中，可以感受到诗人惊喜的心情；从"即从""穿""便下""向"四个词中，可以感受到诗人想象将要还乡的快意。

拓展延伸

◉郭子仪与李光弼

郭子仪与李光弼是中唐时期的杰出将领，也是平定安史之乱的主要功臣。郭子仪有勇有谋，从不居功自傲，待人也很宽厚。史书上称郭子仪"再造王室，勋高一代"。郭子仪一生戎马，八十多岁才告别沙场。他"权倾天下而朝不忌，功盖一代而主不疑"，举国上下，享有崇高的威望。李光弼与郭子仪齐名，世称"李郭"。李光弼是出色的统帅和军事家，战功被推为中兴第一。李光弼足智多谋，治军威严有方，善于出奇制胜，史家评论他"沉毅有筹略，将帅中第一"。

长安

剑门关

蜀

◉ "剑外"

以唐都长安为参照地，四川位于剑门山外，也就是"剑外"。因此，在很多诗文中，常常用"剑外"指代四川剑门关以南地区或泛指蜀地。

杜甫说"剑门关"

　　杜甫是一个忧国忧民的诗人，即便自己生活落魄，也不忘关注国家局势。他在蜀地时，见识过剑门关的险要，曾说它"一夫怒临关，百万未可傍"，意思是这里确实是一人奋勇当关，百万人马也无法靠前的险地。他还由此想到安史之乱后，藩镇割据会更加严重，自己身处的剑南（剑门关以南）很容易成为地方势力称霸的地方。

去一趟剑门关，忧心的事更多了。

剑门道中遇微雨

　　1172年，陆游在四川宣抚使王炎的邀请下，来到南郑（今陕西汉中）任职，准备对抗金兵。这年冬天，陆游从南郑前线调回成都。他在前往成都途中，路过剑门关时，写下了这首诗。

陆游

衣上征尘杂酒痕，

远游无处不消魂。

此身合是诗人未，

细雨骑驴入剑门。

注 释

征尘： 旅途中染上的灰尘。

消魂： 心情沮丧，神情恍惚。

合： 应该。

未： 表示发问。

译 文

衣服上满是灰尘，还混杂着酒渍；远行游历过的地方，没有一处不让人黯然神伤。难道我的一生就只能是一个诗人？在蒙蒙细雨中，我骑着毛驴路过剑门关。

诗人介绍

陆游（1125—1210），字务观，号放翁，南宋文学家、史学家、爱国诗人。他出生的时候刚好是北宋灭亡之际，陆游在少年时期就受到家庭中爱国思想的熏陶，因此一生都致力于抗金卫国。他曾投身到军队中，为国奋战，临终前留下《示儿》一诗，展现出深沉的爱国之情。陆游一生写了很多诗文，成就很高，尤其是那些饱含爱国热情的诗作，对后世影响十分深远。

赏析　　陆游在这首诗的前两句，描绘了一个风尘仆仆的赶路人形象，借此概括了自己人生的遭遇与心情。在古代，"骑驴吟诗"是诗人的代表性形象，诗人也常常被称为"骑驴人"。因此，这首诗的后两句诗人自问自答，含蓄地表达了报国无门、衷情难诉的情怀。

拓展延伸

◉陆游的戎马生活

在写这首诗之前，陆游刚刚经历了一段短暂的戎马生活。1172年春天，年近半百的陆游接到四川宣抚使王炎的邀请，前往当时西北前线，在南郑幕府中任职。陆游十分高兴，想着终于有机会在前线杀敌报国了。到了南郑以后，他身披铁甲，手拿长枪，骑着战马四处奔波，调查地形，了解敌情，为南宋王朝出谋划策。此时的他对收复失地、统一祖国充满了信心。然而，没过多久，南宋朝廷便召王炎回京，并取消了出师北伐的计划。陆游也因此结束了这段戎马生活，前往成都任职。

● 驴背上的诗思

　　唐朝时期，有个宰相叫郑綮，擅长作诗。他的朋友和幕僚经常问他要新诗。一次，有人来问他："近来有新作吗？"郑綮有些不耐烦，回答说："诗的灵感在灞桥风雪中的驴子背上，这里（指官场）哪能得到！"那人一听，心想：那荒郊野外的灞桥和风雪中驴子的背上，怎么会有作诗的灵感呢？原来，当时长安东郊的灞桥是人们送别或相会的地方。在这样的情景中，最能激发诗人写下感人肺腑的好诗。

《灞桥觅句图》〔清〕董邦达

　　图中有一人悠闲骑驴过桥，两个仆人紧随其后，一人肩担，一人手持梅枝，展现的是"灞桥觅句"的典故。

蜀道难（节选）

　　蜀地崎岖险峻的地形，大诗人李白也曾见识过，他还为此写了一首《蜀道难》。据说，李白写这首诗是为好朋友送行。他的好友要到蜀地去，他就写诗劝好友不要在蜀地待太久，要早点回来。不过，也有学者认为，这首诗是李白因没有施展才能的机会，在离开长安失意的时候，写给好友的诗作。

想说的话应该
都在这首诗里了。

李白

剑阁峥嵘而崔嵬，一夫当关，万夫莫开。所守或匪亲，化为狼与豺。朝避猛虎，夕避长蛇，磨牙吮血，杀人如麻。锦城虽云乐，不如早还家。蜀道之难，难于上青天，侧身西望长咨嗟！

峥嵘、崔嵬：形容山势高大雄峻。

所守：指把守关口的人。

或：倘若。

匪亲：不是亲信。

锦城：今四川成都。古时以产锦闻名，朝廷曾在此设官，专收锦织品，故称锦城或锦官城。

咨嗟：叹息。

译 文

剑阁这儿高峻巍峨，只要有一人把守，就算是千军万马也难以攻占。驻守的官员如若不是可以信赖的人，也可能会变成豺狼，据险作乱。在这里日日夜夜都要防范猛虎和长蛇，因为它们磨牙吮血，杀人如麻。锦官城虽然是个快乐安逸的地方，却险恶无比，还不如早点回家。蜀道攀爬难度十分之大，简直比上青天还难，侧身向西望去让人不免感慨、长叹！

诗人介绍

李白（701—762），字太白，号青莲居士，唐代伟大的浪漫主义诗人。他爽朗大方，爱交朋友，代表作有大家熟知的《望庐山瀑布》《早发白帝城》《行路难》《将进酒》等。李白的诗作给人一种豪迈奔放、飘逸若仙的感觉，据说唐代诗人贺知章看了李白的《蜀道难》后，还称赞李白为"谪仙人"，就是把他比作天上下凡的"仙人"。因此，后人就称李白为"诗仙"。

李白在《蜀道难》一诗中描述了蜀地山势高危、山川险要的景象。节选的部分为全诗的最后几句，是诗人在说明了蜀道之难使人望而生畏、惊心动魄之后，得出剑阁险象丛生、易守难攻的结论，并结合当时的社会情况，劝人们警惕太平景象下潜伏的危机。后来发生的安史之乱，证明诗人的忧虑是有现实意义的。

拓展延伸

● 形胜之地，非亲勿居

西晋时期，文学家张载路过剑阁时，四望山川，怀古思今，写下《剑阁铭》这篇文章。益州刺史读了他的文章十分赞赏，就呈给晋武帝。晋武帝也很喜欢，就让人把文章刻在石头上。李白在诗中说"所守或匪亲，化为狼与豺"，就是化用了张载《剑阁铭》中"形胜之地，非亲勿居"的语句，意思是这样的地形，不是亲信可千万不能派他坚守在这里！意在劝人们引起警戒，防范战乱的发生。

《蜀峰栈道图》（局部）［清］叶六隆
图中描绘了蜀山的雄奇以及蜀道的曲折艰险。

◉一夫当关，万夫莫开

成语"一夫当关，万夫莫开"出自李白的《蜀道难》，常用来形容地势险要，易守难攻。这个成语还可以写作"一夫当关，万夫莫敌"。"一夫当关"也可以单用，表达的意思是一样的。如果我们在旅游时看到像剑门关那样险要的地方，就可以说：这座大山巍峨壮观，要想越过它，只能通过一条建在悬崖陡壁上的小路，真可谓一夫当关，万夫莫开。

片段一

按照指示路牌，前方不远处就能到达剑门关了。我想快点看到李白说的"一夫当关，万夫莫开"的剑门关，于是加快了脚步。走了不到五分钟，那矗立在山林中的关楼就映入眼帘。"哇，不愧是天下雄关啊！"我忍不住感叹道。我迫不及待地爬上关楼，俯瞰延绵而上的山梯，还真有一种戍守士兵能独挡千军的感觉呢！

片段二

"蜀道之难，难于上青天！"这是唐代诗人李白在《蜀道难》中发出的慨叹。这"蜀道"是建在多么险峻的地方啊？带着这个疑问，我来到了剑门关一探究竟。

我们走进剑门蜀道景区，满眼是绿意盎然的树林，还不时听到几声清脆的鸟鸣。穿过一片树林，经过鳞次栉比的绝壁，终于，一座古关楼映入眼帘。这就是剑门关了！它被夹在两侧陡峭的巨崖之间，青砖砌成的底座上耸立着两层箭楼，弧线优美的飞檐翘角如同雄鹰的羽翼。站在关楼上往下瞰，一条狭窄的山梯一直延伸至山谷尽头。远处的山崖上还盘旋着两条羊肠小道。看来，蜀道之难，真是难于上青天呀！

白帝城

白帝城位于重庆奉节，因历代诗人常临此赋诗，故有"诗城"的称号。白帝城始建于东汉初期，相传为公孙述所筑。公孙述自号"白帝"，因此这里得名"白帝城"。三国时，刘备挥兵伐吴，兵败后退守白帝城，临终之际在此托孤于诸葛亮。

那山上是什么？

是白帝庙。

快看，猴子在模仿你！

冲呀！我们要去白帝城探险啦！

哥哥，等等我！

白帝城的由来

　　据说，公孙述割据蜀地后，随着势力的膨胀，他渐渐产生了自立为帝的想法。一天，公孙述听说城中有一口白鹤古井，井中时不时会冒出一股白色的雾气，就像一条白色的龙准备冲向天空。公孙述就对大家说，这是"白龙献瑞"，是吉兆，证明有新天子要出世了。就这样，公孙述"顺承天意"，自称"白帝"。所建城池的名字便为"白帝城"，城池所在的山也改称"白帝山"。

你看，这一定是上天在暗示，我就是那条腾空的白龙！

白帝庙

　　白帝庙里有明良殿、武侯祠、观星亭等建筑，这些建筑大都是明清时期重修的。其中的明良殿是庙内主要建筑，里面有刘备、诸葛亮、关羽和张飞的塑像。武侯祠内供奉着诸葛亮祖孙三代像。而武侯祠前的观星亭，传说是诸葛亮夜观星象的地方。

图中为白帝山，白帝庙就在白帝山上。

白帝托孤

　　刘备白帝城托孤的故事，让白帝城家喻户晓。

　　221年，刘备为了给关羽报仇，兴兵伐吴，但在之后的夷陵之战中被吴将陆逊打败，兵败后刘备退守白帝城。不久，刘备就一病不起，在临终前，他赶忙把诸葛亮召来。刘备把自己的儿子也就是后主刘禅托付给诸葛亮，并对诸葛亮说："你的才能是曹丕的十倍，一定可以安定国家，成就大业。若是刘禅可以辅佐成材，那就辅佐他；如果他不是这块料，你就取而代之。"听了这话，诸葛亮哭着说他一定竭尽全力，辅佐刘禅。刘备与诸葛亮之间君臣情深，让人动容。

风雨廊桥

白帝城景区建有一座连接陆地的景观桥——风雨廊桥。这座桥不仅具有观赏性，还能解决景区的交通问题。在三峡工程三期蓄水完成后，原本与白帝城相连的陆路被淹没，白帝城由"半岛"变成四面环水的"孤岛"。有了这座风雨廊桥，游客可以更方便地进入景区游览。

夔门观景台

　　白帝城景区有一处最为人们所熟知的景色，就是第五套人民币10元纸币的背景图案——夔（kuí）门，也就是长江三峡中的瞿塘峡的景色。在白帝城上，有专门建造的夔门观景台，这里是观赏夔门景色的最佳地点之一。

夔门观景台

榜上有名

　　白帝城因位于瞿塘峡峡口，成为长江三峡的游览胜地，也是观"夔门天下雄"的最佳地点之一，历来为人们所喜爱。著名诗人李白、杜甫、白居易等都曾登白帝、游夔门，留下了大量的诗篇，所以白帝城又被叫作"诗城"。

排 行 榜

《早发白帝城》	李　白
《白帝》	杜　甫
《竹枝词九首》（其一）	刘禹锡

早发白帝城

李白因为受到永王李璘案的牵连被流放夜郎，结果到了白帝城后忽然接到被赦免的消息。惊喜交加之下，他立刻乘舟顺流东下，前往江陵，途中写了《早发白帝城》一诗。

还是坐船更快呢！

李白

朝辞白帝彩云间，
千里江陵一日还。
两岸猿声啼不住，
轻舟已过万重山。

注 释

发： 启行。

朝： 早晨。

辞： 告别。

彩云间： 因白帝城在白帝山上，地势高耸，从山下江中仰望，仿佛耸入云间。

江陵： 今湖北荆州。

住： 停止。

万重山： 层层叠叠的山。

译 文

清晨，我告别耸入彩云之间的白帝城，奔赴千里之外的江陵，船行一天就可以到达。两岸的猿声还不停地回荡在耳边，轻快的小舟已经驶过了万重青山。

赏析　　李白的这首诗运用了夸张和想象的手法，充分体现了浪漫主义的风格特点。诗中用"彩云间"描述白帝城高耸入云，突出白帝城地势之高，同时也表现出天气大好，正好迎合了诗人的欢快心情。"千里"和"一日"的对比表现出行船速度很快，也透露出诗人遇赦的喜悦和痛快。最后一句中的"轻"字不仅是在说船轻快，也透露出诗人轻松快乐的心情。诗人把被赦免的好心情、眼前秀丽的山水以及顺江而下的感受融为一体，写得自然真切。

拓展延伸

● 轻 舟

舟也就是小船，在古诗词中常常象征着漂泊无依，是诗人离家之时内心情感的物化，然而随着修饰词的不同，舟的含义也不尽相同。比如"行舟"往往用来抒发离愁别绪，而《早发白帝城》中"轻舟"却一反"舟"历来的孤独失意之感，通过舟的轻快表达了诗人轻松快乐的心情。

● 猿 声

猿猴的叫声十分凄厉，听起来就好像人的哭声一样，再加上猿大多出现在偏僻的荒山中，所以在古诗词中经常用猿声来营造哀伤、凄清的氛围，从而表达一种愁苦孤寂的心情。在古代，三峡两岸经常有猿猴啼叫，因此被赦免的李白乘坐着轻快的小舟快速前行，耳边会有猿声回荡。

◉李白流放夜郎

755年，唐朝将领安禄山与史思明起兵叛乱，第二年便占领了京城长安。唐玄宗不得不与文武百官出逃蜀中，一路颠沛流离，唐玄宗从此开始失势。为了对抗叛军，唐玄宗便册封几个儿子为节度使，其中派永王李璘坐镇江陵，以巩固后方局势。但此时太子李亨却趁机在灵武（今宁夏灵武）自立为帝，也就是唐肃宗。唐玄宗在蜀中知道了这个消息，不得已下诏退位，成为太上皇。但李璘到了江陵后，不断招兵买马，野心膨胀起来，有意与在前方平叛吃紧的李亨夺权。后来李璘兵败被杀，李白也因为在李璘军中受到牵连，被流放夜郎。

白 帝

　　766年，杜甫在夔州住了一段时间，当时各地战火不断，唐王朝风雨飘摇。诗人站在白帝城上，望着那些因为连年混战而到处流浪的百姓，内心十分忧愁，感慨之下写了这首诗。

白帝城中云出门，白帝城下雨翻盆。

高江急峡雷霆斗，古木苍藤日月昏。

戎马不如归马逸，千家今有百家存。

哀哀寡妇诛求尽，恸哭秋原何处村？

注释

白帝：白帝城。

翻盆：倾盆。形容雨极大。

戎马：战马，借指军队、战争。

归马：从事耕种的马，比喻战争结束。

诛求：强制征收、剥夺。

恸哭：失声痛哭。

译文

　　白帝城中，满天的乌云涌出城门，白帝城下，暴雨倾盆。江水急流和险峭的峡口像雷霆般打击争斗，古树和苍藤之下，天空昏暗无比。战马不如归耕的牧马闲逸，战火过后，原先的千户人家只有百户尚存。最为哀痛的是因战乱失去丈夫的妇女们还被严苛的赋税剥削，听啊，在秋天的原野上传来阵阵哀号声的是哪座荒村？

赏析　　这首诗通过首联和颔联描写出云雨翻涌、峡江急流的奇险景象，暗喻动乱的社会。后两联通过对荒村的描写来反映安史之乱后民不聊生的社会现实。全诗表达了杜甫面对国家动荡的忧愁与哀思。

拓展延伸

● "戎马"与"归马"

　　"戎马"中的"戎"有战争、征伐的意思，因此，戎马就是指战马。我们可以用"戎马一生"来形容某人一辈子从军打仗，也可以用"戎马生涯"来形容从军征战时的经历。"归马"一词出自《尚书·武成》："乃偃武修文，归马于华山之阳，放牛于桃林之野，示天下弗服。"意思是将作战用的牛马放归原野，不再用于战争。后来就用"归马"来比喻不再用兵。

◉倾盆大雨

在游览白帝城的时候，杜甫遇上了一场大雨，当时雨有多大呢？杜甫用"白帝城下雨翻盆"来描述雨量之大，意思是白帝城的雨下得像是从盆中倾倒出来的一样。由此，诞生了一个成语——倾盆大雨，我们可以用它指又大又急的雨。比如，我们可以用

倾盆大雨时的湖面

它描写夏天的天气：夏天的天气真是变化莫测，刚刚还是大好晴天，转眼就下起了倾盆大雨。

●为什么杜甫的诗被称为"诗史"？

杜甫是伟大的现实主义诗人，在他的诗歌中，记载的往往都是当时社会的所见所闻。尤其安史之乱后的社会动荡状况，在他的诗中有详细的记载。这些记载是真实的，反映的是当时的时代背景，具有史料价值，因此他的诗被称为"诗史"。透过他的诗歌，我们仿佛能够看到当时百姓面对战乱的痛苦和对和平的渴望。

我是在用诗歌写历史啊！

竹枝词九首（其一）

　　822年，刘禹锡在夔州做刺史。当地流行一种叫"竹枝词"的民歌形式。刘禹锡非常喜爱这种民歌，就采用了当地民歌的曲谱，写成了《竹枝词九首》，通过这些诗来描写当地的山水风俗。

这儿的民歌真不错！

刘禹锡

白帝城头春草生，

白盐山下蜀江清。

南人上来歌一曲，

北人陌上动乡情。

蜀江：泛指蜀地河流。

译 文

春天，白帝城的城头长满了青草，白盐山下的蜀江水清澈见底。当地的人你来我往，唱着当地的民歌，北方人在这样的情景之中生出连绵的乡情。

诗人介绍

刘禹锡（772—842），字梦得，唐代诗人。他进士及第后，在朝中担任过许多的官职。后来，他因参与"永贞革新"被贬，长期在外为官。刘禹锡擅长写诗作文，和柳宗元等人是好友，也是十分有名的文学家。因为他的诗作风格豪健雄奇，气魄宏大，所以有"诗豪"之称。他的代表作有《竹枝词九首》《杨柳枝词九首》《乌衣巷》《陋室铭》等。

赏析

诗人在春天来到白帝山上，看到野草生长，生机勃勃；长江水与白盐山相照应，显得山水雄阔灵秀。在这样的环境下，歌声响起，勾起诗人这个他乡人的思乡之情。诗人先用白描的手法勾勒出环境，再将南人、北人置于同一场景中，烘托出人物此时的情感，表现出绵长婉转的意味和高远的境界。

拓展延伸

◉ 竹枝词

　　"竹枝词"原本是巴、渝一带的民歌。后来，刘禹锡把它改编成为一种诗体，逐渐为历代文人所喜爱。它常被用来描写某一地区的风土人情。

◉ 刘禹锡结缘三峡

　　821年，刘禹锡被任命为夔州刺史，在三峡一带待了两年多。在这段时间里，刘禹锡以豁达乐观的心境，体验当地的风土人情，并将所见所感写进诗里。他将当地的民间歌曲改为诗体，使《竹枝词》风靡一时，引得众多诗人争相效仿。

刘禹锡深受屈原《九歌》诗的影响，先是创作了《竹枝词九首》，后来又写了一组《竹枝词二首》。这些诗有的描写当地人的生活，有的描写夔州一带的山川景物、风土人情，语言明快浅近、清新流畅，具有浓郁的生活气息和地方特色。其中最有名的当属下面这首：

　　　　杨柳青青江水平，闻郎江上唱歌声。

　　　　东边日出西边雨，道是无晴却有晴。

◉ 白盐山

白盐山位于重庆奉节县，因为山中岩壁的颜色像白盐一样，所以有了这个名字。

片段一

　　我满怀着一览诗城的期待，踏上了这座长长的白帝城风雨廊桥。听说三峡水库蓄水后水位升高，导致白帝城与奉节县相连的陆地被淹没，所以才修建了这座廊桥。廊桥中部有三座凉亭，既方便游客乘凉，又能够躲雨，可谓是一举两得。

　　过了风雨廊桥，迎面就是矗立在广场中央的诸葛亮雕像，在他身后是一块刻有出师表的石碑，即使不看上面的内容，我也能够脱口而出：先帝创业未半而中道崩殂，今天下三分，益州疲弊……

片段二

　　我们乘坐游轮抵达了位于奉节县的白帝城，游人陆续从游轮上下去，我们也紧随其后，加入上山游览白帝庙的队伍中。

　　上山的路由陡峭的台阶组成，再加上此时正值中午，头顶的太阳散发着灼热的光芒，让人又热又累。不过台阶两侧的树木高大茂盛，遮挡了部分阳光；偶尔从江面吹来的阵阵凉风，给人送来阵阵清爽，推着我们继续前行。

　　跨上最后一阶，此时我已身处白帝庙前，回头望去，只看见江水碧蓝，山峰高耸。"朝辞白帝彩云间，千里江陵一日还。两岸猿声啼不住，轻舟已过万重山。"当年大诗人李白坐船来到这里，接到赦免的消息，就顺流而下，前往江陵，也不知道他是否登上了白帝城，像我一样远眺这一方美景。

黄州赤壁

这里看着很平静啊，说好的"惊涛拍岸"呢？

听说石壁上刻了"赤壁"二字，在哪里呢？

赤壁是什么意思呢？

重点是意境呀！

赤是指红色，赤壁就是红色的墙壁。

赤壁

黄州赤壁，又称东坡赤壁，也称文赤壁，位于湖北黄冈。东坡赤壁背依青山，面临长江，有二赋堂、东坡陈列馆、栖霞楼、留仙阁等景观。景区内碑刻如林，极具人文气息。

赤鼻矶

东坡赤壁的名字据说是来源于当地的崖石——赤鼻矶。因赤鼻矶像赭（zhě）红色的城墙一样临江峭立，故称赤壁。同时壁上崖石向江中突出下垂，如悬挂的鼻梁一般，所以又叫赤鼻矶。

坡仙亭

坡仙亭是赤壁矶头的一处景点，建于清代同治年间。因南宋诗人戴复古称苏轼为"坡仙"，故由此得名。

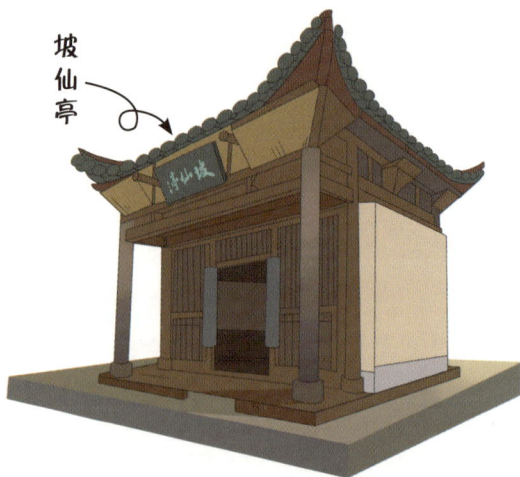

坡仙亭

赤壁之战

　　赤壁之战是指东汉末年，孙权、刘备联军在赤壁一带大破曹操军队的战役。这里的赤壁究竟位于哪里，至今仍有争议。一般认为赤壁之战中的赤壁，位于湖北省赤壁市，因此称之为"武赤壁"。而黄州赤壁是苏东坡咏赤壁的地点，因此称之为"文赤壁"。

　　赤壁之战中最有名的事件是火烧赤壁。当时，曹操的军队因为不习惯坐船，他就想了个办法，派人用锁链将船只连起来，好让士兵像在平地行走一样。孙刘联军主帅周瑜以火攻为策，他让黄盖先假装投靠曹操，带着十艘装了柴草的小船前去曹操船阵。等快到时再将小船点燃，小船借助风势向曹军冲去。最终，曹军战船被烧并延及岸上的军营，曹军伤亡惨重。赤壁之战是我国历史上著名的以少胜多、以弱胜强的战役之一，也是三国时期"三大战役"（官渡之战、赤壁之战和夷陵之战）中最为著名的一场。

赤壁赋

　　1080年，苏轼被贬至黄州（今湖北黄冈）。在黄州期间，苏轼时常怀古伤今，留下千古一词《念奴娇·赤壁怀古》以及前、后《赤壁赋》。

　　前、后《赤壁赋》是苏轼两次游览赤壁后分别所写。我们常称第一次所写的为《赤壁赋》，第二次所写的为《后赤壁赋》。《赤壁赋》在中

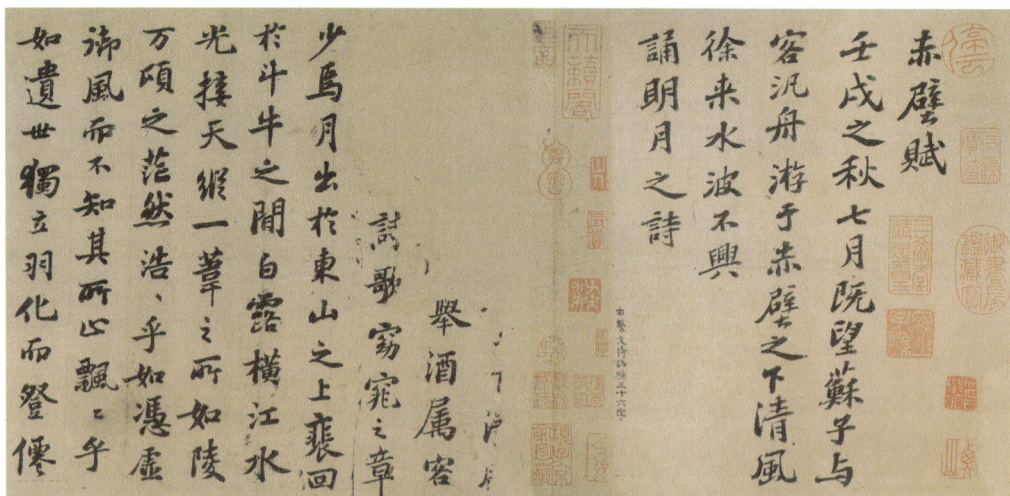

《前赤壁赋卷》（局部）［宋］苏轼

《赤壁图》（局部）［明］仇英

国文学史上有着很高的地位，对后世的赋、散文、诗歌有重大的影响。在《赤壁赋》中，苏轼描述了和朋友们一起在月光下泛舟游赤壁的所见所感，也让我们感受到了浩瀚的江水与苏轼洒脱的胸怀。

榜上有名

黄州赤壁因苏东坡创作的二赋一词名扬天下。尽管赤壁之战的发生地不在此，但众多文人在此留下了许多议论赤壁之战的诗词，一同造就了"文赤壁"的美名。

排 行 榜	
《赤壁》	杜 牧
《念奴娇·赤壁怀古》	苏 轼
《赤壁歌送别》	李 白
《满江红·赤壁怀古》	戴复古

赤 壁

　　作为三国时代留下的著名古战场，赤壁成为无数诗人咏怀的对象，黄州赤壁逐渐变成了咏史阵地。唐代诗人杜牧经过黄州赤壁时，感怀历史英雄成败，就以"赤壁"为题，写下了一首名诗。

杜牧

折戟沉沙铁未销，

自将磨洗认前朝。

东风不与周郎便，

铜雀春深锁二乔。

注 释

折戟： 折断的戟。戟，古代兵器。

销： 销蚀。

将： 拿，取。

磨洗： 磨光洗净。

认前朝： 认出戟是当时破曹时的遗物。

周郎： 指周瑜，字公瑾。

铜雀： 铜雀台，由曹操建造。

二乔： 东吴乔公的两个女儿，即大乔（东吴孙策的夫人）与小乔（东吴周瑜的夫人）。

译 文

泥沙里埋着一支还未锈尽的断戟，磨洗后发现这是当年赤壁之战的遗留之物。倘若不是东风给周瑜方便，结局只怕会是曹操取胜而"二乔"被关进铜雀台了。

诗人介绍

杜牧（803—853），字牧之，号樊川居士，唐代杰出的诗人、散文家。杜牧的诗歌以七言绝句著称，内容多为咏史抒怀，在当时就很有名气。杜牧也被称为"小杜"，与李商隐并称"小李杜"。其代表作有《泊秦淮》《江南春》《题乌江亭》等。

赏析 诗人运用了以小见大的表现手法来议论战争，以一支折戟来折射战争的场面，借大小乔这两个拥有特殊身份的女子的命运来体现战争的残酷。诗人似乎认为周瑜之所以能获胜，是因为刚好有那么一场东风，给了他便利，如果没有的话，恐怕胜负将会逆转，"二乔"或许会被曹操囚禁。诗人并未直接叙述自己对战争的看法，而是将思考蕴藏在了折戟和"二乔"之中。

拓展延伸

●折戟沉沙

诗句中的"折戟沉沙"常常被后代文人用在怀古的诗文中，表示古战场遗迹或者战事。现在，"折戟沉沙"已经演变成一个成语，指激烈战斗后的战场遗迹，也指惨败。虽然它的来源与战争有关，但在生活中，我们常用它来表达惨遭失败的意思。比如，我们可以这样说：有的人违法乱纪，即使一时得意，最终也会落得个折戟沉沙的下场。

来吧，就差这一场风了！

周瑜

●只欠东风

在诗中，杜牧因为一支战争遗留下来的断戟，想到发生在赤壁的著名战役——赤壁之战。杜牧认为，在赤壁之战中周瑜用火攻的计策以少胜多，关键是当时刮起了强劲的东风。

有个成语叫"万事俱备，只欠东风"，原意是指周瑜的火攻大计已准备好，只等东风一刮就可以点火。后来演变为比喻一切准备工作都做好了，只差最后一个重要条件。比如，当我们为文艺表演做好充分的准备后，等着到时间上场时，就可以说"万事俱备，只欠东风"了。

◉铜雀台

铜雀台始建于210年，建造铜雀台的本意据说是为了彰显功劳。

三国时期，曹操消灭袁绍、袁术兄弟后，一天晚上，他梦到地上飞起来一道金光。第二天，他命人去那个地方挖掘，找到了一只铜雀。他的手下荀攸说："当年舜的母亲就是梦见玉雀入怀之后，生出了后来当帝王的舜。如今您得铜雀，这是吉祥的征兆啊。"曹操大喜，于是决意在漳水建造铜雀台，以彰显他平定四海的功劳。

接受我的赐福吧！

念奴娇·赤壁怀古

在杜牧写下《赤壁》一诗的两百多年后，苏轼因为乌台诗案，也被贬到了黄州。他虽然受到了政治上的打击，但依然保持豁达的胸怀。在壮丽江山和历史风云人物的激励下，苏轼写下了这首名篇。

苏轼

人的胸怀就应该像大江一样豁达！

大江东去，浪淘尽，千古风流人物。故垒(lěi)西边，人道是，三国周郎赤壁。乱石穿空，惊涛拍岸，卷起千堆雪。江山如画，一时多少豪杰。

遥想公瑾当年，小乔初嫁了，雄姿英发。羽扇纶(guān)巾，谈笑间，樯橹(qiáng lǔ)灰飞烟灭。故国神游，多情应笑我，早生华发。人生如梦，一尊还酹(lèi)江月。

注释

念奴娇：词牌名。

大江：指长江。

故垒：古时军队营垒的遗迹。

英发：英气勃发。

羽扇纶巾：儒者的装束，形容周瑜有儒将风范。

樯橹：挂帆的桅杆和桨，代指曹操的水军。

故国：指当年的赤壁战场。

华发：花白的头发。

尊：同"樽"，酒杯。

酹：将酒洒在地上，以表示凭吊。

译文

　　长江水向东流去，波浪滔天，千年来多少英雄人物都随之慢慢逝去。在旧营垒的西边，人们都说那就是三国时周瑜作战的赤壁。两岸的石头陡峭无比，仿佛刺破天空，惊人的巨浪拍击着江岸，激起一朵朵雪白的浪花。雄壮的江山像一幅奇丽的图画，一时间涌现出多少英雄豪杰。遥想当年，周瑜风度翩翩春风得意，小乔刚刚嫁给了他，他英姿雄健，神采奕奕。周瑜手摇羽扇，头戴纶巾，谈笑之间，就把敌人的战船烧得灰飞烟灭。如今我来到这古战场，回忆起往昔，可笑自己如此多愁善感，过早地白了头发。人生如梦，不如洒一杯酒来祭奠江上的明月。

诗人介绍

　　苏轼（1037—1101），字子瞻，号东坡居士。他是北宋时期有名的文学家、书法家，还曾治理过西湖，主持修筑了苏堤。苏轼是北宋中期的文坛领袖，在诗、词、散文、书、画等方面的成就都很高。他的诗清新豪健，风格独特，常常运用夸张、比喻的手法；词豪放旷达，开豪放一派；散文纵横恣肆，气势雄放。其代表诗词有《题西林壁》《赠刘景文》《水调歌头·明月几时有》《念奴娇·赤壁怀古》等。

赏析 这首词上阕咏赤壁，不仅写出了大江的波涛汹涌，还把千古英雄人物都囊括进来，表达了对英雄的向往之情。下阕借对周瑜战功的歌颂，反衬自己的年老无为。词中虽表达了伤感之情，但也体现了词人不甘沉沦、积极进取的思想。因此，与其他怀才不遇的词作截然不同，这首词鼓舞每一位读者走向积极与豪迈。

拓展延伸

●赤壁摩崖石刻

让我刻几个字……

在赤壁市赤壁山矶头的临江崖壁上（即武赤壁处），有摩崖石刻十处，这就是有名的"赤壁摩崖石刻"。相传其中一处是周瑜破曹后所刻，其余为宋、明、清等各时期石刻。赤壁摩崖石刻是现存数量最多、历史跨度最长的三国题材摩崖壁刻群。

◉乌台诗案

1079年，苏轼调任湖州，上任后例行公事写了《湖州谢上表》，大体意思就是感谢皇恩，以及感慨一下自己的坎坷遭遇。没想到一些对他不满的官员却借此大做文章，说苏轼在《湖州谢上表》中的意思完全是讥讽朝廷，随后又找出大量苏轼诗文为证。因此，苏轼入狱。

当时，很多人为苏轼求情，希望皇帝对他网开一面，就连苏轼的老对手王安石也说："安有圣世而杀才士乎？"（意思是，哪有在圣明的世道杀害有才华的人的？）最终，苏轼获得减刑，被贬到黄州。

苏轼到了黄州之后，带领家人将城东的一块坡地开垦出来，种田补贴生计，渐渐就有了"东坡居士"的别号。这次事件最先由监察御史告发，后来由御史台审理，而御史台也被称作"乌台"，"乌台诗案"因此得名。

东坡居士耕地累了，得歇一歇。

赤壁歌送别

727年，李白在湖北结了婚，婚后他在湖北安居多年，过着平淡的生活。其间，李白在江夏（今湖北武汉一带）游览时写下了这一首诗。

怀古和送别，一样都不落下。

李白

二龙争战决雌雄，赤壁楼船扫地空。

烈火张天照云海，周瑜于此破曹公。

君去沧江望澄碧，鲸鲵唐突留馀迹。

一一书来报故人，我欲因之壮心魄。

注 释

二龙： 对战双方，即曹操军队和孙刘联军。

雌雄： 指输赢。

沧江： 指长江。

鲸鲵： 指曹操与孙刘联军激烈对战的军队。

译 文

曹军和孙刘联军犹如两条巨龙对战，要一决高下，赤壁一战后，曹操的楼船都被一扫而空。熊熊烈火冲向云天，照亮云海，周瑜就在此地大败曹操。您去大江看看那清澈澄明的江水，想必会看到当时两边的军队来回争斗的痕迹。请您将所见所闻一一写信告诉我，我打算凭借这些壮大自己的心魄。

赏析 这首诗前半部分讲述了赤壁之战，突出周瑜的功绩；后半部分则是因送别朋友而感到不舍，希望能经常收到友人建立功业的书信。全诗把歌咏赤壁和送别友人这两个内容完美融合在一起，风格慷慨雄壮，彰显了诗人的济世情怀。

拓展延伸

● 龙战于野

三国时期，曹操想一统天下，于是挥师南下，准备消灭割据一方的孙权、刘备。为了对抗曹操，孙权、刘备两军联合起来，在赤壁与曹军进行了激战。孙刘联军主帅周瑜很有军事才能，曹操一心想和周瑜决一雌雄。诗中"二龙争战"说的就是曹操和周瑜在赤壁的对峙。这里化用了《周易》中"龙战于野"的典故，龙战于野，比喻群雄并起，互相争斗。

◉ 鲸鲵

鲸鲵，即鲸。据《广州记》中记载："鲸鲵长百尺，雄曰鲸，雌曰鲵。"意思是说鲸鲵身长百尺，雄性叫鲸，雌性叫鲵。后来常用鲸鲵来比喻凶恶的人。《左传》中记载："古者明王伐不敬，取其鲸鲵而封之。"即古代贤明的帝王征伐那些不敬的国家，会抓住它的罪魁祸首杀掉埋葬。

你们楼上打架，我们楼下遭殃……

不好意思，是我唐突了。

◉ 唐突

唐突的意思是触犯、冒犯。在古代汉语中，"唐"字有虚空的意思。"突"从字形上看就好像是一只狗猛然从洞穴里冲出来咬人，本义是冲撞、冲击。后来，"突"又引申出突然的意思。

◉李白的济世情怀

我们都知道李白是伟大的浪漫主义诗人，但是，看似自由潇洒的李白其实也想辅佐君王，济世安民。李白天资聪颖，熟读诸子百家，"安社稷""济苍生"的理想和"事君荣亲"的观念伴随着他的一生。

在游历了祖国的大好河山之后，李白大大开阔了视野，对祖国的热爱更加深刻了，他也常借诗言志，表达心中的豪情壮志。但现实中，他的志向没有实现的机会，不愿"摧眉折腰事权贵"的他只能寻找神仙梦幻来寄托情怀。在理想与现实剧烈的冲突之中，李白的诗作迸发出绚烂的浪漫主义火花，使他成为唐代伟大的浪漫主义诗人。

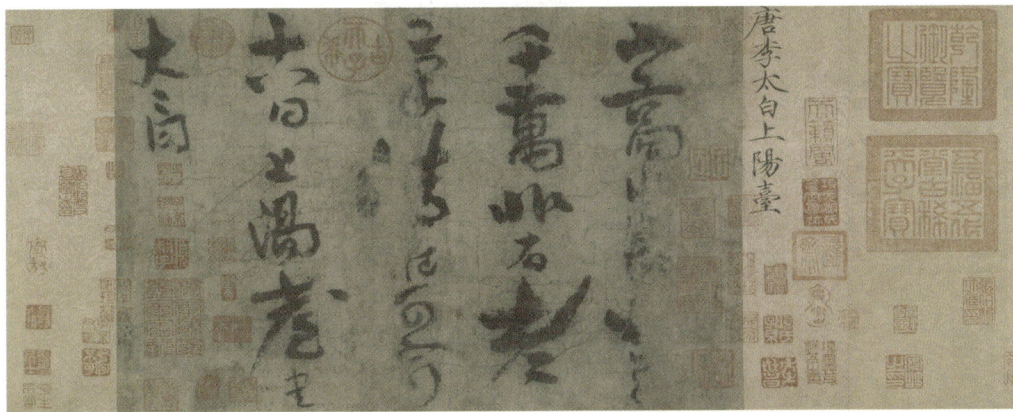

《上阳台帖》（局部）［唐］李白

满江红·赤壁怀古

　　戴复古在黄州一带漫游时，也曾来到赤鼻矶。他到了这里心潮澎湃，想写词纪念，又想到苏轼早已写下"大江东去"的词句，后人无法超越，但他实在难以抑制内心的激动，所以还是写下了这首词来抒发情感。

《念奴娇·赤壁怀古》写得真好，让我也来写一首……

戴复古

　　赤壁矶头，一番过、一番怀古。想当时、周郎年少，气吞区宇。万骑临江貔虎噪，千艘列炬鱼龙怒。卷长波、一鼓困曹瞒，今如许。

　　江上渡，江边路。形胜地，兴亡处。览遗踪，胜读史书言语。几度东风吹世换，千年往事随潮去。问道傍、杨柳为谁春，摇金缕。

注 释

区宇：宇宙。

万骑：代指孙刘联军。

貔虎：传说中的猛兽，代指军队、勇士。

鱼龙怒：鱼龙受到战火波及而发怒。

卷长波：水面上卷起了长长的火龙。

曹瞒：指曹操。

形胜地：地形险要之地。

金缕：指嫩黄色的柳条。

译 文

　　每一次经过赤壁，都会引发我的怀古心绪。想当年，周瑜正年少，气势大到想吞并宇宙。千军万马在江边蓄势待发，鼓声震天动地；战船火势迅猛，江中的鱼龙都因战火而变得怒不可遏。水面上火势顺着浪潮翻滚而来，像一条长龙，在鼓角声中将曹军团团围住。现在又怎样呢？

　　无论是江上的渡口，还是江边的小路，都是地形险要之处，是当年各路英雄拼死搏斗的地方。今天我在此凭吊古迹，胜过读多少历史书籍。几度东风吹过，数次的改朝换代，历史的往事随江潮而去。请问道旁的杨柳年年是为谁而春，又是为谁摇动嫩黄的枝条呢？

诗人介绍

　　戴复古（1167—约1248），南宋江湖诗派（江湖诗派是一个以落第文人、普通百姓为主体的作家群体）的代表诗人。他的性格比较耿直，不求功名，一生都没有做官。戴复古的诗受到杜甫、陆游的影响，内容大多写时事感触，反映民间疾苦。

赏析

这首词先极力渲染气氛，浓墨重彩地表现了战争的场面。上阕末尾用"今如许"提出问题：现在又怎样呢？这一问既有苏轼的"大江东去，浪淘尽"的意思，更是词人对当时南宋国势衰弱的不甘。词的下阕中，词人从赤壁之战转回现实，借眼前之景来抒写自己心中的时代感伤。

拓展延伸

● 貔 虎

貔虎是貔与虎的合称，两种动物都是猛兽，多用来比喻勇士或勇猛的军队。据说貔的外形像虎。貔有时候也指一种传说中的瑞兽——貔貅（pí xiū）。传说中的貔貅能吞万物而不泄，纳食四方只进不出，所以在民间象征着招财聚宝。

◉ 金 缕

金缕有多种寓意，包括金缕衣、金丝、金属制成的穗状物。金缕还常常在诗歌中比喻柳条，如"雨搓金缕细，烟袅翠丝柔"（戴叔伦《赋得长亭柳》），"金缕毵（sān）毵碧瓦沟，六宫眉黛惹香愁"（温庭筠《杨柳枝》）。

春天的柳条

◉ 诗人的无奈

戴复古生活在南宋时期，当时朝廷偏安一隅，不思进取。原来，北方的金朝一直是大宋的威胁，两边时常交战。1127年，金兵攻占宋都东京（今河南开封），北宋因此灭亡。后来康王赵构建立南宋，定都临安（今浙江杭州）。当时朝中许多将领主张北伐，宋朝故地也有许多起义军响应。但赵构一面打压主战派，一面任用主和派，最终与金朝议和，导致了南宋偏安的局面。诗人面对这样的时代，空有一腔忠心报国的热血，却哪有用武之地呢？

片段一

　　苏轼望着波涛滚滚的长江，感叹历史风云人物都早已随时间而流逝，犹如被历史的浪涛冲洗掉了一样。很难想象，苏轼在遭受牢狱之灾、被贬黄州后，心中的那份苦涩是如何化解的。他在失意之下写出来的词却如此豪情满怀。能像他这样，被贬后却仍抱有满腔志气豪情的文人，历史上恐怕并不多见。

　　等到我成年并走向社会时，又能否像苏轼一样保持如此乐观的心态呢？

片段二

　　历朝历代，曾经有很多人错把文赤壁当成武赤壁。杜牧有一首《赤壁》写道"折戟沉沙铁未销，自将磨洗认前朝"，其实，他这首诗就是错认为赤鼻矶就是当年赤壁之战古战场而写的。还有苏轼，他并不太确定那里是不是古战场，所以他说："人道是，三国周郎赤壁。"不过只要诗人们的情感是真的，想法是真的，评价也是真的，至于当年那场大战是不是发生在这里，也不那么重要了。

哇，往下面看去好多古楼，好美啊！

还有好多穿着汉服的小姐姐，我也想试试看！

加油，很快就能爬上郁孤台了。

这你就孤陋寡闻了。辛老年轻的时候就敢直闯敌营，擒拿叛军头目呢！

辛弃疾不是词人吗，还会用剑？

郁孤台位于江西赣州，因其坐落于山顶，郁然孤峙而得名。历朝历代多有文人前来登临唱和，尤其南宋词人辛弃疾一首《菩萨蛮·书江西造口壁》，使郁孤台名扬天下。

望阙

郁孤台所在的山，名为贺兰山，其山树木葱郁，高孤而立。因此，古代有很多人曾登上郁孤台远眺。唐朝时期，在此地任刺史的李勉登上郁孤台，北望都城长安，他觉得郁孤台这个名字不太好，就把"郁孤台"改名为"望阙"，其中的阙字指代朝廷。所以，郁孤台也叫望阙台。

赣州古城墙

登上郁孤台，可以俯瞰赣州古城的美景，其中以赣州古城墙最引人注目。

赣州古城墙是国内唯一一座保存完好的宋代古城墙。赣州之所以被称为"铁城"，除了有江水作为天然屏障，这坚如堡垒的城墙也功不可没。

赣州古城墙

郁孤台法帖

南宋时期，赣州知府聂子述汇刻了一部《郁孤台法帖》。所谓法帖，就是供人临摹或欣赏的名家书法的拓本或印本。

《郁孤台法帖》收录的大多为宋代一流书法家的作品，包括苏轼、蔡襄、黄庭坚、宋徽宗等人的作品。这部法帖内容丰宏，摹刻精细，具有极高的艺术价值和文献价值。

《僧润诗三首》

（选自《郁孤台法帖》）

榜上有名

赣州历史悠久，城中的郁孤台既是观光台，也是吟诗台。为郁孤台留下作品的人有黄庭坚、刘克庄、戴复古、康与之、苏轼、岳飞、辛弃疾、文天祥、李梦阳、王阳明、汤显祖、王士祯、郭沫若等。

排行榜

《菩萨蛮·书江西造口壁》	辛弃疾
《郁孤台》（节选）	苏　轼
《题郁孤台》	文天祥

菩萨蛮·书江西造口壁

辛弃疾曾在江西任职，有次他来到造口，望着这昼夜奔腾的滔滔江水，思绪也随着江水绵延起伏。眼前的赣江水正是经过郁孤台流到造口的。他想起在这里发生过的历史悲剧，情不能已，于是写了这首词。

> 郁孤台下清江水，中间多少行人泪。

辛弃疾

郁孤台下清江水，中间多少行人泪。西北望长安，可怜无数山。青山遮不住，毕竟东流去。江晚正愁余，山深闻鹧鸪(zhè gū)。

注 释

菩萨蛮：词牌名。

书：写，题。

造口：镇名，在今江西万安。

清江：赣江与袁江合流处，旧称清江。

长安：汉唐故都，此处代指落入金兵之手的宋都汴京（今河南开封）。

可怜：可惜。

愁余：使我发愁。

鹧鸪：鸟名，形似母鸡，叫声凄苦。

译 文

清江水缓缓流过郁孤台，其中有多少是逃难之人的眼泪。我抬头想看看这西北的长安，可惜看到的却只有无数青山。座座青山虽然遮住了长安，但终究无法阻挡东流的江水。夕阳西下，我满怀愁绪，刚好听到深山之中传来阵阵鹧鸪的悲鸣。

诗人介绍

辛弃疾（1140—1207），字幼安，号稼轩，是南宋著名将领、豪放派词人，有"词中之龙"的称号。辛弃疾一生力主抗金，因此遭到主和派的排挤，还被弹劾降职，最后只能退隐。辛弃疾把自己壮志难酬的悲愤和对国家兴亡、民族命运的忧虑，都写进了词作中。其代表作有《水龙吟·登建康赏心亭》《永遇乐·京口北固亭怀古》等。

虽然辛弃疾并不是在郁孤台上作的此词，但词中意境与"郁孤"十分契合，词人对朝廷苟安江南的不满和一筹莫展的愁闷一览无余。他抒发国家兴亡的感慨时，淡淡叙来，借山水来怀古，流露出抗击敌人、收复失地的强烈愿望。

拓展延伸

◉ 鹧 鸪

鹧鸪是一种鸟，它的叫声像是在说"行不得也哥哥"。在诗词中，鹧鸪的形象一般有两种含义：一是因为它做伴对鸣的动物天性，被赋予了爱情甜蜜的寓意；二是由于其叫声特殊，象征着各种悲情，如离别惆怅、闺阁愁怨、漂泊寂寞等。

选自《华嵒（yán）花鸟虫图册》［清］华嵒

图中画的是一只张嘴鸣叫的鹧鸪，图上有文字：请君暂停驾，倾耳听鹧鸪。

皇帝、太后南逃

1129年，金兵南下，直入江西。南宋朝廷无力抵抗，登基不久的宋高宗赵构只能与隆祐太后仓皇出逃。隆祐太后在造口弃船登陆，乔装打扮逃往赣州。赵构一面逃跑一面向金兵求和，金军主帅完颜宗弼不允，意在生擒赵构。赵构只能继续南逃，宋军也是一败再败。后来，赵构只能乘船逃到海上，南宋朝廷危在旦夕。但此时金兵也由于孤军深入又追击赵构不成，只得退兵，沿途宋军奋起反抗，重创金兵。1130年，赵构由海上返回越州，局面这才逐渐稳定下来。

时间过去了四十多年，辛弃疾途经造口，又想起了这件往事，金兵肆虐、人民受苦、朝廷蒙辱的情形历历在目，怎能不教人伤怀？满腔爱国热情的辛弃疾对此愁上心头，有感而发，写下了《菩萨蛮·书江西造口壁》这首词。

快点走，金军就要来了！

郁孤台（节选）

　　1094年，苏轼再次被贬。他带着家人一路奔波，中途经过虔州（苏轼所处年代赣州称为虔州）。苏轼在当地人的盛情邀请下逗留了一个多月，遍览了当地的风光。他想起自己曾为虔州八景写过诗，又感觉原诗"未能道其万一"，就又写下了这首《郁孤台》作为纪念。

不行，我之前写的不算！看我重新写一首！

苏轼

八境见图画，郁孤如旧游。

山为翠浪涌，水作玉虹流。

日丽崆峒晓，风酣章贡秋。

丹青未变叶，鳞甲欲生洲。

八境：古时虔州的八处景物。苏东坡曾为这八处景物各写了一首诗。

翠浪：碧波。

崆峒：山名，在今江西赣州。

酣：猛烈。

章贡：章水与贡水，代指虔州一带。

丹青：树名，其树叶一青一赤。

鳞甲：指水族，诗中比喻秋水暴涨。

洲：水中的陆地。

译 文

早在图画中看过虔州的八处美景，如今来到郁孤台就像旧地重游一般。青山像是由碧波涌浪而起的，江水化作一道道白虹流过。崆峒山上的朝阳明艳灿烂，赣江上的秋风刮得痛快酣畅。丹青树上的叶子还没有变颜色，秋水暴涨像要把这里变为小岛。

赏析　　苏轼在诗中描绘了在郁孤台上所见的景色，看似一处一景的简单铺设，读起来却生动传神。这首诗有着大量富有变化的动态画面，这是因为苏轼用上了各种动词，使这些景色动了起来。例如在"山为翠浪涌"一句中，山竟跟着水流动了起来。这样别有新意的用词，使得这首诗更耐人品读。

●《虔州八境图》

北宋嘉祐年间，虔州太守孔宗翰为解决虔州城水患，便整修城池，又在城墙上筑起了一座石楼。当孔宗翰登上石楼，发现附近美景尽收眼底，于是给石楼取名为"八境台"。他还请画师将八境台上看到的景点绘制成图，名为《虔州八境图》。

八境台

● 苏轼与《虔州八境图》

《虔州八境图》完成后，孔宗翰便请苏轼在图上题诗。苏轼观赏了《虔州八境图》后，创作了八首诗，并写了序。苏轼与《虔州八境图》的相遇，催生了虔州八境文化和旅游文化，丰富了虔州作为江南历史名城的内涵。

◉ 苏轼与虔州

　　苏轼一生曾两到虔州，一次是被贬惠州时经过，一次是被赦免召回时路过。这两次停留虽然短暂，温润的虔州却好似一阵春风安慰着他饱受磨难的心灵。跟上次来虔州不同，苏轼第二次来已经是花甲之年，故地重游怎能不感慨？他一生中几次失意坎坷，又连番入狱，仕途充满波折。这回苏轼重登郁孤台，发出了"吾生如寄耳，岭海亦闲游"的慨叹。此时，已是苏轼人生的最后一程。不久，他便在常州去世了。

> 又来到郁孤台了，也是一种缘分，这次写点什么呢？

题郁孤台

南宋政治家、文学家文天祥曾在赣州做过知州。在这期间，他来到了郁孤台，想到了辛弃疾曾写过的关于郁孤台的爱国词句。同为爱国人士的他感同身受，于是题诗一首留作纪念。

郁孤台的风景虽好，我更想北上为国效力。

文天祥

城郭春声阔，楼台昼影迟。

并天浮雪界，盖海出云旗。

风雨十年梦，江湖万里思。

倚阑时北顾，空翠湿朝曦。

注 释

城郭：本意指城墙，诗中指郁孤台。

雪界：比喻白色江面。

盖：由上往下覆，压着。

倚阑：靠着栏杆。

空翠：青色的雾气。

译 文

郁孤台到处是春天的气息，楼台的影子渐渐出现。它与天空一起浮在江面之上，覆盖于水上，好似以云为旗。经历的十多年风雨如同梦一场，隔着万里江湖思念起了远方。我靠着栏杆回头向北方看去，发现雾气已打湿了早晨的阳光。

诗人介绍

文天祥（1236—1283），南宋政治家、文学家，与陆秀夫、张世杰并称为"宋末三杰"。文天祥21岁中进士第一，成为状元。在朝中担任重要职务时，他因为斥责、讥讽宦官和权臣而遭到贬斥。于是，他在37岁时辞掉了官职。后来，元军南下攻宋，文天祥散尽家财，招募士卒，抗击元军。最终兵败被俘，他从容就义。文天祥的诗作气势磅礴，情感激昂。其代表作《过零丁洋》中"人生自古谁无死，留取丹心照汗青"两句，激励了无数后人为理想而奋斗。

这首诗的前半部分写的是郁孤台春日的景色。后半部分由景移情，引出了文天祥的回忆和思念。诗人靠着栏杆朝北望去，与辛弃疾的"西北望长安"一句相呼应，两人的所思所想，大概也是相似的吧。

拓展延伸

● 文天祥勤王

"勤王"指君主的统治地位受到内乱或外患的威胁而动摇时，臣子发兵援救。南宋末年，元军大举南下，朝廷号召天下勤王。当时有些官员决定降元，都按兵不动，而文天祥则散尽家财，招募士卒，组织军队抗元保国。

保家卫国，义无反顾！

●江　湖

　　江湖，最早是指江河湖海，代表四方各地，后渐渐衍生出隐居的意象。同时，江湖也指各处流浪靠卖艺等生活的人，或者指他们所从事的行业。范仲淹《岳阳楼记》中的名句"居庙堂之高则忧其民，处江湖之远则忧其君"，让江湖与庙堂相对，这里的江湖有民间、远方的意味。现在，江湖一般泛指四方各地。

片段一

"城郭春声阔，楼台昼影迟。"我登上郁孤台，带着对文天祥的思念，体会着诗中的意境。眺望远处隐约的山峰，俯视近处潺潺的江水。就在此刻，美丽的赣州尽收眼底。清澈的江水穿城而过，与城中的古建筑互相呼应。

片段二

爬上台阶，眼前出现了一座巨大的雕塑，他就是大名鼎鼎的爱国诗人——辛弃疾。他神情严肃，目视远方，左手紧握在剑鞘上，右手抓着剑把，似乎要拔剑而出。

登上郁孤台，赣州美景尽收眼底。从上往下看，仿佛整个赣州都在我脚下了。看，有龟角尾，有西河大桥，还有军门楼……从这里，我们能清楚看到巨龙般蜿蜒的章贡两江汇合，也能远眺连绵的群山围绕着赣南大地，这让我不禁吟起：青山遮不住，毕竟东流去……